RECEITAS DO AMOR

Atitudes para amar e ser amado

Edro de Carvalho

Copyright © Edro de Carvalho, 2014
Proibida a reprodução no todo ou em parte,
por qualquer meio, sem autorização do editor.
Direitos exclusivos da edição em língua portuguesa no Brasil para:

Silvia Cesar Ribeiro editora e importadora ME.
Rua Rodolfo Troppmair 89 - Paraíso
04001-010 - São Paulo - SP, tel 11 2667 6314
contato@editoradash.com.br
www.editoradash.com.br

Dados Internacionais de Catalogação na Publicação - CIP

C331   Carvalho, Edro de.
        Receitas do amor: atitudes para amar e ser amado. / Edro de Carvalho. – São Paulo: Dash, 2014.
        120 p.

ISBN 978-85-65056-32-8

1. Literatura Brasileira. 2. Autoajuda. 3. Sentimentos. 4. Amor.
I. Título.

                                    CDU 821.134.3(81):159.942
                                      CDD B869.3

Catalogação elaborada por Ruth Simão Paulino

Projeto gráfico e diagramação: *Silvia Ribeiro*
Assistente editorial: *Hellen Cristine Campos dos Reis*
Revisão e preparação: *Verba Editorial e Marco Mariutti*

1ª edição: outubro de 2014

Este é um livro sobre a emoção que chamamos de amor. Portanto, seria natural dedicá-lo principalmente às pessoas que amo e que tornam minha vida mais bela. É, pois, com muito prazer e orgulho que dedico este livro aos meus netos biológicos por ordem de chegada à vida: Manoela e os gêmeos Marcela e Marco, e o recém-chegado e muito bem-vindo Lorenzo, fruto do amor do meu filho e minha nora, Luciana Gimenez Morad, que também passou a ser Fragali. E a eles, com muito amor, dedico este livro. E, é claro, estendo esta dedicatória também ao meu neto "por amor e afinidade", Lucas Maurice Morad Jagger, filho querido da minha nora Luciana.

Dedico também ao meu filho Marcelo, que agora é meu pai, pois segundo Sócrates, "o pai é o filho e o filho é o pai" (ou seja, os pais geram os filhos que mais tarde se tornam os pais). Mas no caso do meu filho Marcelo, ele não se julga meu pai por conceito filosófico: virou meu pai de verdade e até me apresenta ao público como seu próprio filho. E por falar em filho, incluo também meu filho "por osmose", Ricardo Bellino, meu grande incentivador na arte de escrever livros e que carinhosamente me chama de pai.

Dedico também a Elisabeth Priestley, minha guia que sempre me orienta no caminho dos meus pensamento e é uma excelente redatora, que me ajudou a escrever meu livro anterior, *Feliz dia de hoje*, e continua me acompanhando, aplaudindo e apoiando neste novo livro.

Já falei em meu último livro que, se é difícil ter um amigo de verdade, eu tenho a felicidade de ter dois, e sempre irei dedicar a eles tudo de belo que eu consiga fazer. São eles: Julio Cesar Ribeiro e Peter Gotschalk.

Por último, também dedico este livro ao meu amigo e médico Sérgio Flávio de Albuquerque Filizola. Seu grande conhecimento da medicina e seus incansáveis cuidados contribuem para que eu continue criando, amando, sonhando e correndo atrás de meus sonhos.

SUMÁRIO

DEDICATÓRIA 03

INTRODUÇÃO – EDRO DE CARVALHO 07

PREFÁCIO – MARCELO DE CARVALHO 09

APRESENTAÇÃO – RICARDO BELLINO 11

POSFÁCIO – ELISABETH PRIESTLEY 117

CONCLUSÃO – EDRO DE CARVALHO 119

INTRODUÇÃO

Este livro, embora tenha o propósito de transmitir emoções em forma de informações sobre o amor, foi executado em um formato diferente e não usual nas narrações sobre as "coisas". No início, geralmente quando as pessoas se propõem a escrever um livro é porque parte dele já está escrito em sua mente. As páginas do livro vão fluindo à medida que nos envolvemos com o conteúdo emocional daquilo que estamos criando. Normalmente, para se escrever é necessário que se faça um diagrama, descrevendo o conteúdo e a forma do livro. Para facilitar o raciocínio, é normal e até intuitivo que se condicione o desenvolvimento do livro em capítulos, seguindo o formato tradicional. Eu já estava no terceiro capítulo quando notei que havia aproveitado até partes das cartas de amor que escrevi durante estes oitenta e sete anos de emoções vividas. Certa noite, ao pegar meu caderno para anotar ideias que surgiram quando me preparava para dormir, vi a meu lado, na mesinha de cabeceira, o Rubaiyat, o maravilhoso livro de poemas escritos por Omar Khayyam. Ainda era o mesmo volume com o qual, no longínquo ano de 1948, presenteei minha mulher Lolinha, já falecida. Há décadas saboreio seus versos e me deleito com o conteúdo escrito por esse notável poeta e pensador persa. Então pensei: por que não transmito minhas ideias e pensamentos sobre o amor em forma de versos? Versos livres, que não seguem uma forma específica além daquela que é sugerida pela mente... Ou talvez pelo coração. Assim nasceu este livro, que busca apenas falar de amor e — por que não? — prestar uma sincera homenagem ao grande Khayyam, que tão bem soube falar de amor.

E para os que ainda não leram — ou gostariam de reler — o mestre Khayyam, concluo esta apresentação citando um de seus versos:

"AFETO, AMOR, COMPREENSÃO – EIS OS ALICERCES DA VIDA.
ESCREVEMOS COM AMOR O POEMA DA ADOLESCÊNCIA.
COM A MÚSICA DO AMOR, ORQUESTRAMOS A GRANDE CANÇÃO DA EXISTÊNCIA.
E TU, CÉTICO DIANTE DA TERNURA,
IMPERMEÁVEL AO SENTIMENTO,
APRENDE ESTA VERDADE:
A VIDA É AMOR, E NADA MAIS!"

Edro de Carvalho

PREFÁCIO

Era uma terça-feira triste de chuva. Triste demais, pois minha mãe havia falecido na véspera. Eu, filho único, precisei cuidar de todos os detalhes, mas principalmente me preocupava com meu pai, na época com oitenta e quatro anos, que dividira cinquenta e cinco de sua vida com ela. Haviam me pedido para escolher algumas músicas para a despedida final, e eu o fiz. Quando todos sentados, eu e meu pai de mãos dadas, ouvimos os primeiros acordes da canção "Strangers in The Night", ele me disse, sorrindo: "Ah, essa música... Como eu dancei essa música com sua mãe!". Confesso que a força daquela declaração, com lágrimas nos olhos e alegria no semblante, valeu mais do que um milhão de palavras. Naquele momento terrível, ele não se lembrava dela doente, não se queixava da perda, não se lamentava de sua solidão. Ele se lembrava dos momentos em que, apaixonados, dançavam *cheek to cheek* ao som de Sinatra. Ele não estava pensando na morte. Estava pensando no amor. Estava pensando em como a amara, como eles se divertiram, como dançaram. E assim, em vez de chorar, ele sorria.

Não conheci, em meus cinquenta e dois anos de vida, ninguém tão marcante, que tivesse me transmitido tanta coisa boa como meu pai. Aliás, todos e cada um que têm o prazer de conviver com ele, guardam uma de suas frases memoráveis, sacadas brilhantes, tiradas bombásticas. Mas de todas as coisas geniais que meu pai passou para mim e para sua constelação de amigos, conhecidos, e até pessoas nas quais esbarrava, talvez uma seja lapidar, e que simboliza tudo: seu prazer em amar. Sua capacidade de amar. Amar a vida, amar seus amigos, amar sua família, amar as mulheres, amar cada dia que passa.

Assim, fico profundamente feliz em poder escrever este prefácio para Receitas do Amor. E espero que, como eu, você beba na fonte destes deliciosos versos, destas receitas simples, e que seja contagiado por elas, e ame, simplesmente ame, como ele sempre amou e continua amando.

Marcelo de Carvalho

APRESENTAÇÃO

Doutor do Amor

Lembro-me sempre das sábias palavras do meu querido "pai osmótico", Edro de Carvalho, que me ensinou o segredo para um casamento feliz, se é que podemos enlatar uma receita de felicidade. Em suas próprias palavras: "Quando termina a carga de uma sofisticada caneta Montblanc, o que fazemos? Jogamos a caneta fora e compramos outra — isto é, trocamos a mulher ou o marido por um novo — ou mantemos a caneta, trocamos a carga e começamos a escrever um novo capítulo em nossas vidas? Quem troca de carga sistematicamente gosta de casar, mas não necessariamente de estar casado...".

Amar é um exercício que precisa ser feito todos os dias de nossas vidas, não importa a nossa idade, para criarmos uma musculatura emocional que vai nos permitir viver intensamente nossas emoções e aproveitar o melhor que a vida tem para nos oferecer e que, de preferência, deve ser compartilhado a dois. Não existe beijo sem dois pares de lábios, nem sexo sem dois corpos.

Depois de tomar as pílulas de amor receitadas pelo Doutor do Amor, Edro de Carvalho, você estará pronto para exercitar a sua felicidade e viver um feliz dia de hoje, de amanhã, de depois de amanhã... com quem você estiver amando. O melhor é que as pílulas de amor não precisam de prescrição médica, não têm contraindicação e, preferencialmente, devem ser tomadas a dois, acompanhadas de uma taça de champanhe bem gelada.

Um brinde especial a todos aqueles que acreditam que o amor é a cura para todas as doenças do coração!

Ricardo Bellino

1

O AMOR É COMO O VINHO,
NOS EMBRIAGA QUANDO MUITO SE BEBE,
ENVOLVE NOSSA CABEÇA,
E SE ALOJA NO CORAÇÃO.
MAS QUANDO SAI LEVA CONSIGO
NOSSA RAZÃO.

2

O AMOR É O PERFUME QUE NOS ENVOLVE,
MAS QUANDO PARAMOS DE USÁ-LO,
ESVAI-SE E LEVA O AROMA COM ELE.
E SEMPRE PROCURAMOS UMA RAZÃO,
SEMPRE QUESTIONAMOS, E NUNCA ENCONTRAMOS.
O AMOR NÃO SE QUESTIONA.
SENDO EMOÇÃO, NÃO TEM DIMENSÃO.
ALOJA-SE NO PENSAMENTO,
E SE PERDE NO ESQUECIMENTO.

3

Amor não tem dimensão,
Não tem largura, não tem altura,
Não tem comprimento nem idade.
Amor é emoção, e em emoção,
Não existe dimensão.

4

Amor ou amizade, por que não ficar com os dois?
Por que ter uma coisa antes,
E deixar a outra para depois?
Digam-me, pois ainda não sei
Quem foi que escreveu a lei
Banindo a felicidade
De dar aos amores a amizade,
E aos amigos o amor.

5

Do amor o sexo é o tempero,
Que com muito esmero se deve colocar.
É a especiaria rara,
Que os sentidos embriaga
E aguça o paladar.
Pois de comida sem sal, quem há de gostar?

6

O sexo também pode ser um ato de amor.
Experimenta-o devagar,
Mas com todo o teu ardor.
Dedica-te com cuidado a essa doce lida,
Pois do rebento nasce a flor,
E do sexo, nasce a vida.

7

Sexo não é amor, mas com amor se faz.
Desfruta-o lentamente, com todo o vagar,
Qual joia rara, de diamante e marfim.
Aprecia o instante, porque tudo se acaba.
E se o fizeste pela metade,
Só te resta a derradeira verdade,
Tão simples assim:
O fim é apenas o fim.

8

Amar os netos é minha receita para a longe-
vidade.
Quando eu parar de contar a idade
E com um sorriso murmurar minhas últimas
canções,
Continuarei vivendo no tempo futuro
Aninhado no amor puro
Que cultivei em seus corações.

9

Há um tipo de amor,
Amor que nunca acaba
E que perdura além da vida.
Abastece-nos de ternura,
E como dura!
Falo daquele amor
Que não termina jamais,
E que une para sempre
Os filhos a seus pais.

10

Relacionamentos vêm e vão.
Casamentos e uniões um dia existem,
No outro não.
Romances prolongam-se pelo tempo
De uma breve canção.
Mas os laços entre pais e filhos,
Esses sempre existirão.

11

E QUAL SERIA O SEGREDO
DE TÃO LONGA DURAÇÃO?
AMA TEU FILHO COMO A TI MESMO.
VEJA-O COMO UMA PESSOA.
NÃO QUALQUER UMA, A ESMO,
NEM COMO DE TI UMA EXTENSÃO.

12

Nunca imponha a teu filho
Tuas verdades e crenças.
Induze-o a raciocinar
E a nada temer –
Exceto o medo de ter medo
E o medo de viver.

13

Compartilhe teus conhecimentos,
Cultura, gostos e prazeres.
Sê generoso no que lhe ofereceres,
Mas sem nenhuma imposição.
E quando buscares um porto seguro,
Lembra-te de que no futuro,
Tu serás ele, e ele será tu.

14

Vejam que curioso defeito da vista,
Quem ama o feio o vê como belo,
E por meios que não revelo
Torna a imperfeição benquista.
Mas será mesmo defeito essa doce conquista
De enxergar o que se oculta
Muito além da vista?

15

Alma minha gentil que te partiste.....
Dizia o poeta, mas digo eu:
Como quem amas ainda não partiu
Não te faças de rogado,
Deixa o orgulho de lado,
E cante com todo o amor que tens.

16

Busca as palavras mais belas,
E não ocultes teu amor, nunca, jamais.
Envergonhar-me de amar?
Não agora, não por enquanto.
Se a vergonha um dia me assolar,
É porque não amei tanto,
É porque não amei mais.

17

Se o amor que sentes
Estiver em íngreme subida
Cante a pessoa amada
E faças essa escalada
Com prazer e paixão.
E que as dores do amor sejam em tua vida
Muito mais do que a desdita,
O florescer de teu coração.

18

O CEMITÉRIO DAS PAIXÕES POR CERTO EXISTE,
E SE UM DIA TEU ANDAR PARA LÁ TE LEVAR,
ENCONTRARÁS DUAS LÁPIDES, PEQUENAS E TRISTES.
NA PRIMEIRA LERÁS, EM LETRAS QUE O TEMPO NÃO APAGOU:
AQUI JAZ O AMOR DAQUELE QUE AMOU E NÃO CONTOU.
JÁ A SEGUNDA DISCRETAMENTE ANUNCIA:
AQUI DESCANSA O AMOR DE QUEM FOI AMADO E NÃO SABIA.

19

Não permitas que teu amor acabe em lúgubre desterro.
Faças o que fizeres, não incorras neste erro.
Só tu podes dar vida ao amor, que é a fonte de tudo.
Por isso não te cales, recusa-te a ficar mudo.
Proclama teu amor aos quatro ventos.
Grite, não fiques calado. Anuncia a plenos pulmões:
Confesso ter amado!

20

Não queiras mudar o passado
Pois ele é tua inexorável criação.
Porém cabe a ti escolher
As lembranças que queres reter.
Guarda as que forem do teu gosto,
Como o rosto de quem amaste,
E o beijo de quem te amou.

21

É NO AGORA QUE SE CONSTRÓI
O FUTURO DOS SEGUNDOS.
SE QUISERES REFAZER TEU MUNDO
TUA HISTÓRIA REESCREVER,
COMECE A SER FELIZ AGORA.
VIVE UM FELIZ DIA DE HOJE,
ABANDONA A TRISTEZA VÃ.
ASSIM CERTAMENTE TERÁS
UM PASSADO FELIZ, AMANHÃ.

22

E no futuro, o que nos espera?
Preocupar-se para quê?
Alexandre em seus sonhos de batalha,
Lutava-as uma a uma,
E da soma de todas, sua conquista se fez.
Se queres ser feliz, não espera tua vez.
Põe teus sonhos no futuro,
E segue em sua direção.
Caminha resoluto, sem te preocupares.
O futuro te devolverá
O que nele lançares.

23

Arruma teus sonhos
Com jeito e vagar.
Concede a ti mesmo
O privilégio de sonhar.
Mantenha a cabeça nas nuvens
E os pés bem plantados no chão.
E desta inusitada combinação,
Descobrirás, com efeito,
Que é do céu e da terra
Que os sonhos são feitos.

24

O AMOR SE CRISTALIZA
TRANSFORMANDO-SE EM EMOÇÃO.
TIRA-NOS DOS SONHOS,
E A ELES NOS CONDUZ,
CRIA UM INEBRIANTE CONTRASTE
ENTRE AS TREVAS E A LUZ.
E ASSIM JÁ NÃO SEI
SE É REAL O QUE SONHEI
OU SE É O SONHO QUE ME SEDUZ.

25

Se pensas que o amor
É um sonho impossível,
Lembra-te de que a realidade
Um dia já foi sonho,
E que de tanto ser sonhada,
Foi aos poucos lapidada,
Sempre, e muito, e mais.
E assim seus contornos imprecisos
Transformaram-se em sonhos reais.

26

O AMOR É PURA EMOÇÃO.
NÃO TEM PARÂMETROS,
NEM TAMPOUCO DIMENSÃO.
NÃO TEM IDADE,
NEM MUITO MENOS DIREÇÃO.
SÓ TEM VONTADE,
VIGOR E PAIXÃO.

27

Se tudo tem um preço,
O amor também tem o seu.
Se é barato ou caro,
Depende de tua decisão
De abrires o coração
E expô-lo em toda sua nudez.
Eu já o fiz mais de uma vez,
Ainda o faço, e nunca reclamo.
Pois o preço do amor
É dizer em alto e bom som:
Eu te amo!

28

Como bolhas de sabão,
Pensamentos vêm e vão
E se perdem no desvão
Dos que não têm a quem amar.
Se assim estiveres,
Não te apegues à solidão,
Pois o amor não tem regra nem norma,
Jamais se deforma,
E nunca é em vão.

29

AMA A VIDA, E LOGO VERÁS
QUE O AMOR TE SUSTENTA,
E NUM INSTANTE CRIA FORMA,
A PRINCÍPIO TÊNUE, DEPOIS DEFINIDA:
O AMOR DÁ FORMA À VIDA.

30

HÁ QUEM PERGUNTE:
O QUE GANHO POR AMAR?
UM CORAÇÃO PARTIDO,
OU QUEM SABE A DESILUSÃO?
UM INSTANTE PERDIDO,
OU TALVEZ A DECEPÇÃO?

31

DESENGANOS NÃO OBSCURECEM
A GRANDE DÁDIVA DO AMOR:
TER ALGUÉM EM QUEM PENSAR
ANTES DE DORMIRES.
E DESPERTAR COM O CORAÇÃO CÁLIDO
QUANDO TEUS OLHOS ABRIRES.

32

SE A IMAGEM DE QUEM SONHAS À MENTE AFLORA,
EM UM MOMENTO DE ILUSÃO CRIADA,
NÃO LAMENTES A VIDA QUE VIVESTE OUTRORA
NEM CHORES O TEMPO EM QUE FOSTE AMADA.

33

GUARDA TUAS RECORDAÇÕES COMO UM TESOURO,
MAIS PRECIOSO DO QUE O PURO OURO.
RICO É QUEM FOI AMADO E AMOU.
NÃO TE APEGUES AO QUANTO TUDO DUROU –
SE ALGUNS DIAS, UMA VIDA OU MOMENTO.
A EMOÇÃO NÃO SE PRENDE AO TEMPO,
O QUE REALMENTE CONTA É A INTENSIDADE:
O AMOR, GARANTEM OS POETAS,
NÃO TEM PRAZO DE VALIDADE.

34

O AMOR NÃO TEM DIMENSÃO,
É PURA EMOÇÃO, QUE NASCE NO CORAÇÃO
E SE CRISTALIZA NA MENTE.
É NA MENTE QUE SE SENTEM
AS AFINIDADES INTELECTUAIS,
OS GOSTOS PARTILHADOS
E OS INTERESSES EM COMUM,
QUE FAZEM COM QUE SEJAMOS DOIS,
SEM DEIXARMOS DE SER UM.

35

MUITOS AMORES ACABAM
SEM DEIXAR SEMENTES.
PORQUE AMAMOS COM O CORAÇÃO,
MAS NÃO AMAMOS COM A MENTE.

36

QUEM É AQUELE QUE DEVE SER
O OBJETO DE TEU AMOR?
SERÁ QUE TE CABE ESCOLHER
COMO NO CAMPO, AO COLHER UMA FLOR?
OU TUDO O QUE TE RESTA É ACOLHER
QUEM POR ACASO À TUA PORTA BATER
COM CUIDADO OU COM ARDOR?

37

CONFIA NO AMOR, POIS ELE É SÁBIO,
MUITO MAIS DO QUE EU OU TU.
CRÊ NO AMOR, E JAMAIS TE ARREPENDERÁS.
DEIXA QUE ELE ESCOLHA QUEM TE AMA,
E QUEM TU IRÁS AMAR.
A ÁRVORE NÃO SE OPÕE
QUE LHE NASÇAM AS FOLHAS.
CONFIA, POIS, NO AMOR
E EM SUAS SÁBIAS ESCOLHAS.

38

'NÃO TEMAS O AMOR, ENTREGA-TE A ELE,
COMO O MAR SE ENTREGA AO SOL A CADA MANHÃ.
SE O TEU TEMOR É SERES INVADIDO,
E TE ENCONTRARES PELO AMOR TOMADO E DISSOLVIDO,
LEMBRA-TE DO MAR, QUE O SOL ACARICIA
ORA CAUSTICANTE, ORA GENTIL COMO UMA LUVA.
'E NO ENTANTO, NEM UMA GOTA SE PERDE,
'NEM UMA ONDA SE CURVA,
TUDO RETORNA, SOB A FORMA DE CHUVA.

39

SE O AMOR PERDIDO TE DEIXA INSONE,
IRRIQUIETO E FERIDO,
SE FIZESTE DA MÁGOA A MEDIDA
QUE DA ALEGRIA É O CRIVO,
AGRADECE A FERIDA,
POIS SÓ SENTE DOR QUEM ESTÁ VIVO.

40

E QUANTO AO AMOR PERDIDO,
RESERVA-TE O DIREITO DE CHORAR,
E DE TUAS LÁGRIMAS SECAR.
NÃO TARDES A FAZÊ-LO,
POIS AS LÁGRIMAS TURVAM O OLHAR.
E COM QUE OLHOS IRÁS VER
O NOVO AMOR QUE HÁ DE NASCER?

41

SERÁ QUE AMAMOS MAL?
AMAMOS ERRADO, E TORTO, E FEIO?
SERÁ QUE É ENGANO
NÃO DARMOS AO AMOR UM FREIO?

42

NO JARDIM DAS EMOÇÕES
ONDE DE TUDO UM POUCO VICEJA,
O PIOR EQUÍVOCO TALVEZ SEJA
IGNORAR A FLOR AMIGA
E, AFOITO, COLHER A URTIGA.
QUE ÀS VEZES SE DISFARÇA
COMO A MAIS BELA DAS ROSAS.

43

SE AQUILO QUE SE DÁ
LOGO SE TOMA,
NO FINAL NÃO SE FECHA A SOMA:
A URTIGA TRAVESTIDA DE ROSA
É TRAÍDA PELO PRÓPRIO AROMA.

44

AMAR QUEM NÃO TE AMA,
É QUERER O QUE NÃO TENS.
AINDA BEM!
TEU QUERER É TUA FORÇA,
TUA ESCADA E TEU MURO,
É TUA PONTE PARA O AMANHÃ,
É O QUE TE MOVE PARA O FUTURO.

45

EM VEZ DE UM DESEJO OBSCURO,
CRIA UM SONHO BRILHANTE E PURO,
QUE TE SIRVA DE ALENTO,
ALIMENTO E PAIXÃO.
E VERÁS QUE COM TEMPO E ESFORÇO,
AQUILO QUE TANTO QUERES,
COM TODO O TEU CORAÇÃO,
ESTARÁ À TUA FRENTE,
AO ALCANCE DE TUA MÃO.

46

HÁ PESSOAS QUE SÃO ASSIM,
SOMEM, DESAPARECEM E,
QUANDO EM NOSSA PORTA
VOLTAM A BATER,
ESTÃO SEMPRE INFELIZES,
COM O CORAÇÃO A DOER.

47

AQUELES QUE NOS PROCURAM
PARA EM NOSSO OMBRO CHORAR,
INCORREM NO MESMO ERRO
DE QUEM NÃO SABE AMAR:
FEREM=SE NO VÃO PELEJAR
DE QUERER ALTERAR
O QUE NÃO SE PODE MUDAR.

48

AMAR É ACEITAR O QUE O OUTRO TEM A DAR.
A PERSONALIDADE É UM FEIXE
DE COMPORTAMENTOS E EMOÇÕES.
DE SER QUEM É, QUE NINGUÉM DEIXE,
POIS TORNAR-SE OUTRO EM NOME DO AMOR,
É MATAR TUDO AQUILO QUE NOS DÁ VALOR.

49

NÃO MUDES NEM MUDE NINGUÉM,
ABRAÇA O AMOR COMO ELE É.
NÃO CAIAS NESTA ARMADILHA LOUCA,
DE MUDAR TEU EU INTERIOR
COMO QUEM MUDA DE ROUPA.

50

TUA PERSONALIDADE É QUE TE FAZ
INDIVÍDUO E PESSOA.
CARÁTER NÃO SE MUDA,
APENAS SE APERFEIÇOA.

51

NÃO PERCAS TEU PRECIOSO TEMPO
COM AS IDAS E VINDAS DA PAIXÃO,
NEM CONFUNDAS EMOÇÕES TRESLOUCADAS
COM A PROFUNDA E VERDADEIRA AFEIÇÃO.

52

HOJE ESTÁ COM QUEM ACREDITAS AMAR,
AMANHÃ NÃO, E DEPOIS DE AMANHÃ TALVEZ.
NESSA ROLETA EMOCIONAL, A PAIXÃO VIRA INSESATEZ,
E NUNCA TE SACIAS, PORQUE O AMOR...
ESSE, COM CERTEZA, NÃO TEM VEZ.

53

O AMOR EXIGE TRÊS RENÚNCIAS.
A PRIMEIRA É AO CIÚME,
QUE A TUDO SUFOCA.
A SEGUNDA É À INTOLERÂNCIA,
QUE A TODOS AFASTA.
A TERCEIRA É AO MEDO,
QUE OS SENTIMENTOS DEVASTA.

54

NASCIDOS UM PARA O OUTRO,
SERÁ QUE ISSO EXISTE?
PARA ENCONTRAR TUA ALMA GÊMEA,
HÁ QUE PLANTAR DUAS SEMENTES:
UMA NO CORAÇÃO,
A OUTRA NA MENTE.

55

NO CORAÇÃO SE PLANTA O AFETO,
E NA MENTE A COMUNHÃO INTELECTUAL.
ASSIM SE PARTILHAM OS SENTIMENTOS,
OS CONHECIMENTOS E A ENERGIA VITAL.

56

ÀS VEZES AMAMOS UM ROSTO,
UM CORPO, UM AROMA, UM SORRISO.
MAS A QUEM BUCA O AMOR EU AVISO:
SEM AMAR TAMBÉM A MENTE,
O AMOR NÃO GERMINA,
APENAS ESFRIA E SE RESSENTE.
A COLHEITA NÃO VINGA,
POIS MORTA ESTÁ A SEMENTE.

57

OS ANOS DE JUVENTUDE,
A VIDA NOS DÁ, E DEPOIS NOS ROUBA.
RÁPIDO ELES SE VÃO, COMO SONHAR ACORDADO.
POR ISSO PENSA, E DEPOIS RESPONDE:
NO QUE QUERES INVESTIR
OS TEUS ANOS DOURADOS?

58

SE QUERES UMA SUGESTÃO
DE ALGUÉM QUE MUITO VIVEU,
INVESTE TEUS MELHORES ANOS
NO QUE NINGUÉM PODE TE TIRAR:
CULTURA, CONHECIMENTO E EDUCAÇÃO,
E ALGUÉM PARA SINCERAMENTE AMAR.

59

DINHEIRO SE GANHA E SE PERDE.
FORTUNAS SE DESFAZEM NO AR.
QUATRO COISAS, PORÉM,
SEMPRE HAVERÃO DE TE ACOMPANHAR:
TUA CULTURA, TEU CONHECIMENTO
E TUA EDUCAÇÃO,
E TODO O AMOR QUE RECEBESTES,
E QUE APRENDESTES A DAR.

60

NÃO SOU VELHO, SOU ANTIGO,
CONHECI ANOS E DÉCADAS
E APRENDI A MUDAR.
NESTA VIDA DE MUTANTE,
HÁ UMA CONSTANTE
QUE ME FAZ VICEJAR:
O DESEJO, A VONTADE E O ANSEIO
DE AMAR, AMAR E AMAR.

61

SE DE ALGO ME ARREPENDO,
NESTA MINHA LONGA VIDA,
É DOS BEIJOS QUE NÃO DEI,
DOS SONHOS QUE NÃO SONHEI,
E DAS MULHERES QUE NÃO AMEI.

62

PRECISAMOS DO AMOR
COMO DO AR QUE RESPIRAMOS.
E EIS QUE O MILAGRE
SE FAZ NESTE PARADOXO:
O AMOR VERDADEIRO
NÃO NOS TORNA DEPENDENTES:
ELE ENOBRECE NOSSOS CORAÇÕES
E LIBERTA NOSSAS MENTES.

63

A FONTE DA ETERNA JUVENTUDE
NÃO É LENDA, FOLCLORE OU MITO.
DELA BEBO SEMPRE QUE FITO
O ROSTO DA AMADA,
O SORRISO DOS NETOS,
E O OLHAR DE MEU FILHO.

64

TRISTEZA A AMARGURA,
NELAS EU NÃO INSISTO.
DECEPÇÕES E MÁGOAS
SÃO ARMADURAS QUE NÃO VISTO.
O QUE ME IMPORTA
É SER CAPAZ DE DIZER
QUE AMO, LOGO EXISTO.

65

HÁ JOVENS TÃO VELHOS
E VELHOS TÃO JOVENS...
QUE TRUQUE É ESTE
QUE O TEMPO NOS IMPINGE?
QUEM AMA REJUVENESCE,
QUEM NÃO AMA ENVELHECE,
TAL QUAL ESFINGE:
NÃO VIVE, APENAS FINGE.

66

TU ME DISSESTE QUE IRIAS
TRANSFORMAR-TE EM OUTRA MULHER.
EU TE RESPONDO: TOMARA!
A SEMENTE DE QUEM SERÁS
SEMPRE ESTEVE EMTI.
DEIXA-A GERMINAR,
DEIXA O BROTO CRESCER.
E ASSIM TE TRANSFORMARÁS
EM QUEM NASCESTES PARA SER.

67

AMOR E INGRATIDÃO NÃO COMBINAM.
NÃO SÃO FRUTOS DA MESMA ÁRVORE,
NEM SEMENTES QUE LADO A LADO GERMINAM.
SE QUERES AMAR, APRENDE A SER GRATO.
E ACEITE DE BOM GRADO
O AMOR QUE É SERVIDO EM TEU PRATO.

68

O AMOR É GENEROSO,
NÃO É MESQUINHO.
NÃO É AMARGO,
MAS DOCE COMO VINHO.
É FEITO A DOIS, E NÃO SOZINHO.
NÃO É PORTO DE CHEGADA,
É CAMINHO.

69

DIZEM QUE A VERDADE LIBERTA,
MAS O QUE É A VERDADE?
DOS FATOS CADA UM TEM SUA VERSÃO,
CERTA OU ERRADA, QUEM SABERÁ?
OCUPA-TE DE AMAR, POIS O AMOR,
ESTE SIM, TE LIBERTARÁ.

70

O AMOR NOS LIBERTA
DE TRÊS TERRÍVEIS FANTASMAS.
MESMO QUEM NÃO CRÊ EM BRUXAS
JÁ OS VIU, AINDA QUE DE RASPÃO.
SEUS NOMES AGORA DIREI,
OUÇA COM ATENÇÃO:
OS FANTASMAS SE CHAMAM
SILÊNCIO, SECURA E SOLIDÃO.

71

O FANTASMA DO SILÊNCIO ATACA
QUANDO NÃO TEMOS COM QUEM CONVERSAR.
O FANTASMA DA SECURA É INSACIÁVEL:
SUGA A ALMA ATÉ ESGOTAR.
E O FANTASMA DA SOLIDÃO ASSOMBRA
QUANDO NÃO TEMOS A QUEM AMAR.

72

CONSTRÓI TEU CASTELO E ENCHE-O DE AMOR.
FAZ DO AFETO O CHÃO, E DO CARINHO AS JANELAS.
COM O BEM QUERER FABRICA TEU PORTÃO,
E ASSIM TERÁ PROTEÇÃO
CONTRA FANTASMA DO SILÊNCIO,
DA SECURA E DA SOLIDÃO.

73

QUEM AMA ÀS VEZES
PASSA POR BOBO,
TAMANHO É O PRAZER
DE FAZER A AMADA FELIZ.
PORÉM FAZÊ-LA SORRIR
AUMENTA MINHA ENERGIA
E REDUZ MINHA IDADE.
MAIS BOBO É QUEM ME DIZ
QUE ABRIU MÃO DESSA FELICIDADE.

74

ÀS VEZES ME DIZEM
QUE ME DOU DEMAIS,
QUE ME ENTREGO DEMAIS,
E QUE AMO DEMAIS.
QUEM DIZ ISSO
MUITO TEM A APRENDER.
QUANTO MAIS EU AMO,
MAIS AMOR TENHO A DAR
E MAIS AINDA A RECEBER.

75

AMAR SEM SER AMADO,
POR QUE MEU TEMPO HEI DE GASTAR?
SE EU TE AMO E TU NÃO ME AMAS,
POREI MINHA VIOLA NO SACO
E CANTAREI NOUTRO LUGAR.

76

SE AMAS, NÃO CRITIQUES
AQUELA A QUEM ACREDITAS AMAR.
DIGA-LHE O QUE PENSAS COM DELICADEZA,
POIS SE AGIRES COM FRIEZA,
A CHAMA DO AMOR HÁ DE SE APAGAR.

77

QUERES AMAR OU VENCER UMA DISCUSSÃO?
PALAVRAS ÁSPERAS REDUZEM A AFEIÇÃO.
O TEMPO DIRÁ QUEM TEM RAZÃO.
PREOCUPA-TE EM AMAR,
E OS ARGUMENTOS CESSARÃO.

78

SE NÃO SABES O QUE DIZER, CALA-TE.
SE NÃO SABES COMO PEDIR, CLAMA.
SE NÃO SABES A QUEM RECORRER, CHAMA.
SE NÃO SABES O QUE FAZER, AMA.

79

SE NÃO SABES A QUEM AMAR, SINTA.
SE NÃO SABES A QUEM ESCOLHER, PENSA.
SE NADA DE BOM TENS A DIZER, MINTA.
SE ACHAS QUE VAI PERDER, VENÇA.

80

SE ESTÁS PRESTES A CAIR, LEVANTA.
SE ESTÁS A PONTO DE CHORAR, CANTA.
SE O AMOR TE ASSUSTA, ENFRENTA.
SE A VONTADE ESMORECER, SUSTENTA.

81

SE NÃO SABES O QUE ELA QUER, PERGUNTA.
SE TEU CORAÇÃO SE PARTIR, JUNTA.
SE A DOR VIER, RESISTA.
SE O AMOR TE ESCAPAR, INSISTA.

82

NÃO PERMITAS QUE A ROTINA
ESFRIE O AMOR.
REINVENTA-TE A CADA DIA,
E DE TUAS EMOÇÕES SEJA O CRIADOR.

83

QUEM É QUE DISSE
QUE AMOR RIMA COM DOR?
SEJAS O POETA DE TEU PRÓPRIO AMOR.
TORNA-TE O AUTOR
DESTA SUBLIME CANÇÃO.
E NAS PALAVRAS QUE HÁS DE ESCREVER,
RIMA AMOR COM PRAZER,
E PRAZER COM PAIXÃO.

84

NÃO PEÇAS DESCULPAS POR AMAR,
POIS O AMOR DISPENSA O PERDÃO.
E AÍ ESTÁ A BELEZA DE SERES AMADO.
NO AMOR, JÁ NASCESTES PERDOADO.

85

ELA SE FOI, E PROMETEU NÃO VOLTAR?
SENTES QUE O MUNDO IRÁ SE ACABAR?
RESERVA UM DIA PARA SOFRER E CHORAR.
NO SEGUNDO DIA DEIXA O SORRISO
A TEU ROSTO ILUMINAR.
POIS SE UM AMOR ACABOU,
OUTRO LOGO HÁ DE CHEGAR.
MAS COMO OUVI-LO BATER À PORTA,
SE SÓ ESCUTAS TEU PRÓPRIO CHORAR?

86

AMORES NOVOS DA VIDA SÃO A GLÓRIA.
AMORES ANTIGOS ESCREVEM NOSSA HISTÓRIA.
PARA TODOS HÁ LUGAR EM TEU CORAÇÃO,
POIS O AMOR, MEU AMIGO, NÃO TEM DIMENSÃO.

87

SALOMÃO ESCREVIA SEUS CÂNTICOS,
SHAKESPEARE EXTRAIA DO DRAMA A PAIXÃO.
EU, COMO INCURÁVEL ROMÂNTICO,
FAÇO DO AMOR MEU ETERNO REFRÃO.

88

HÁ QUEM SE ENVERGONHE
DE DIZER O QUE SENTE,
DE OFERTAR FLORES
E SER CHAMADO DE LOUCO.
EU ME ENVERGONHO DE AMAR POUCO,
DE AMAR MAL OU DE NÃO AMAR.

89

POR QUE OCULTAR TEU ARDOR?
COMO DIZIA O POETA,
NÃO HÁ EXCESSOS NO AMOR.
E QUANTO AO QUE OS OUTROS
POSSAM PENSAR,
MAIS LOUCO É AQUELE
QUE SE PRIVA DE AMAR.

90

MENINA, TU ÉS É LINDA,
TEU SORRISO É DE ARRASAR.
ABRE TUA CONCHA,
REVELA TUA PÉROLA,
PARA AQUELES QUE SABEM AMAR.

91

NASCESTES PARA SERES AMADA,
POR AQUELE QUE CONHECE TEU VALOR.
NÃO ATIRES PÉROLAS AOS PORCOS,
NÃO ACEITES NADA MENOS QUE O AMOR.

92

SE QUISERES, TE ESCREVO SEM TEMOR,
MIL POEMAS DE FOGO, PAXÃO E CALOR.
MAS MEU OLHAR VALE MAIS QUE PALAVRAS,
POIS DESNUDA PARA TI AS PRODUNDEZAS DO AMOR.

93

POR QUE CORRER, E PROCURAR DESESPERADO,
POR ALGUÉM QUE SEMPRE ESTEVE A TEU LADO?
BUSCAVAS O AMOR, E OLHA QUE CASTIGO!
O AMOR SEMPRE ESTEVE CONTIGO,
MAS, INCAUTO, O DEIXASTES PASSAR.

94

TEM AMOR QUE DURA
UMA VIDA INTEIRA,
TEM AMOR QUE DURA TANTO
QUANTO A UVA NA VIDEIRA.
E AÍ RESIDE O SEGREDO
QUE CONDUZ À FELICIDADE:
AMOR NÃO SE MEDE POR TEMPO,
MAS POR INTENSIDADE.

95

NÃO TENTES DOMESTICAR TEU AMOR,
NEM PRENDER, RESTRINGIR OU DOMAR.
DO VENTO NÃO PODES CONTROLAR O SOPRAR,
NEM DO CORAÇÃO O PULSAR.
COMO ENTÃO QUERES CONTER O ANSEIO
QUE TE LEVA A DESEJAR E AMAR?

96

O AMOR TEM SUA PRÓPRIA RAZÃO,
É SÁBIO, À SUA PRÓPRIA MANEIRA.
ÀS VEZES COMEÇA COMO PAIXÃO,
ÀS VEZES COMEÇA COMO BRINCADEIRA.

97

O AMOR ÀS VEZES É SÉRIO E MADURO,
ÀS VEZES É INSTÁVEL, LOUCO E INSEGURO.
ÀS VEZES É LEVE, ÀS VEZES É DURO.
ÀS VEZES É PRESENTE, ÀS VEZES É FUTURO.

98

JURAS DE AMOR, SUSPIROS NO AR.
DESEJO DE AMAR, PROMESSAS NO OLHAR.
UM LEVE ARFAR, UM MURMÚRIO BAIXINHO.
O CORAÇÃO SE PÕE A CANTAR SOZINHO.

99

QUERES TER CERTEZA
SE AMASTES OU NÃO?
PERGUNTA A TEU CORAÇÃO.
ESCUTA-O PULSAR,
E ELE IRÁ TE LEMBRAR
SE SOUBESTES AMAR,
OU SE DEIXASTES GOSTAR.

100

POEMAS CHEGAM AO FIM,
E TAMBÉM OS MOMENTOS,
OS PRAZERES E OS LAMENTOS.
MAS QUEM AMOU E FOI AMADO,
TERÁ UM TESOURO GUARDADO:
SABER QUE PELO AMOR
FOI PARA SEMPRE TRANSFORMADO.

101

O AMOR NÃO TEM FORMA,
MAS A TUDO TRANSFORMA.
MESMO QUE ACABE
NÃO ESTAMOS MAIS SÓS,
POIS O AMOR É PARTE NÓS.
PODER MAIOR NÃO HÁ:
O AMOR ESTÁ EM TEU DNA.

102

SERÁ QUE TENS O GRANDE DEFEITO
DE SERES O QUE CHAMAS DE CIUMENTO?
ÉS CAPAZ DE CURTIR A QUEM AMAS
SEM DENEGRIR TEU AMOR?
ÉS CAPAZ DE VIVER O MOMENTO,
SEM ESFRIAR-LHE O CALOR?

103

AMOR COM CIÚME É FACA DE DUPLO GUME,
ORA AFAGA, ORA PUNE,
AQUELE A QUEM PRETENDE AMAR.
E CONDENA À ESCRAVIDÃO
QUEM, EM LOUCA SOFREGUIDÃO,
FAZ DO AMOR UM GRILHÃO
E DA PAIXÃO UM BARCO SEM MAR.

104

SE QUERES SER AMADO, REFREIA O CIÚME.
O AMOR ALIMENTA, MAS NÃO EMPANTURRA.
CONVIDA, MAS NÃO EMPURRA.
EXPRIME, MAS NÃO OPRIME.
GENTILMENTE TOCA, MAS NUNCA,
NUNCA SUFOCA.

POSFÁCIO

Histórias de um eterno mutante

Conheço Edro há alguns anos. Melhor dizendo, há algumas dezenas de milhares de anos. Em noites ancestrais, quando ainda ensaiávamos nossos primeiros passos como homo sapiens, Edro contava histórias que nos faziam temer um pouco menos a escuridão. Não satisfeito com isso, também punha-se a desenhar nas paredes das cavernas que habitávamos. "Mensagens para a posteridade", dizia ele, sem que tivéssemos a menor ideia do que estava dizendo. Mas o fato é que o negócio pegou: muita gente daquela época saiu desenhando pelas paredes. Se os arqueólogos soubessem quem inventou essa moda...

Porque Edro é assim: à frente de seu tempo, ou melhor, como ele próprio costuma dizer, um mutante, dotado da rara habilidade de antecipar mudanças e de renovar-se a cada nova estação. Enquanto muitos de nós ainda desenhávamos em paredes e muros, Edro já havia aderido à portabilidade. Na Mesopotâmia, lá estava ele, escrevinhando em tabletes de argila. Quando passamos para os tabletes, Edro já usava papiros. E o que tanto ele escrevia? Histórias do melhor tipo que há: aquelas nas quais a experiência de quem já viu e viveu um pouco de tudo é destilada com bom humor, *savoir faire* e uma boa dose de desafio ao lugar comum, aos chavões e clichês em suas diferentes encarnações.

Aliás, sua irrefreável tendência de cutucar com vara curta o pensamento dominante já o colocou em umas tantas confusões. Como aquela com o faraó, por exemplo. Lá estava o digníssimo soberano, empenhado em apressar a construção de sua pirâmide, ao passo que Edro mal continha o riso. "Quer viver para sempre? Só se for através de seus descendentes", dizia ele, enquanto o faraó franzia o cenho. E não é que o Edro tinha razão? Levou tempo, mas as descobertas acerca do DNA acabaram mostrando que carregamos os genes de nossos ancestrais, assim como nossa prole carrega o nosso, transmitindo uma parte de nós às futuras gerações. E se carregamos os genes de nossos ancestrais, não é difícil imaginar como teriam sido os de Edro: pioneiros, inovadores, gente com um pé no presente e outro no futuro – e, é claro, bons contadores de histórias. É por isso que podemos facilmente visualizá-lo na antiga Pérsia, em meados do ano mil, cento e alguma coisa, em uma prosa animada com seu grande amigo, o poeta Omar Khayyam, cujas quadras inspiram este livro. Mas, a bem da verdade, foi Edro quem primeiro inspirou Khayyam. Diz a lenda que, certa noite, de tanto ouvir o amigo queixar-se de seus infortúnios amorosos, Edro lhe disse sem rodeios: "Omar, toma o teu vinho e tenha um feliz dia de hoje. Porque do amanhã ninguém sabe. Talvez a lua te procure em vão". E assim nasceu um dos versos mais célebres do poeta, a quem Edro rende homenagem nos versos livres que compõem este livro.

Neles, Edro celebra o amor. Mas à sua maneira, sempre com um toque de provocação e irreverência, e com o indisfarçável prazer de quem ama amar. "A única mulher de quem não gosto é a Norma", diz Edro, com um sorriso maroto. E aqui permito-me uma pequena inconfidência. Os desafetos de Edro estendem-se também aos parentes da Norma. Entre eles estão seus irmãos, os Regulamentos, e as tias-avós – vetustas matronas que atendem pelo nome de Convenções Sociais. Que são, por sinal, primas de umas senhoritas ranzinzas, que Edro adora provocar: as Vacas Sagradas. Contra elas insurgem-se sua pena e sua fina ironia, em linhas que despem o amor de amarras e algemas, de regras e de frases feitas. O amor, que a tantos poetas inspira, pelo olhar de Edro passa agora a nos inspirar. Um olhar irrequieto de menino novo, emanando dos olhos de quem muito viveu. Pois é, enquanto algumas pessoas envelhecem, outras vivem. Edro é um perfeito representante desse segundo grupo. E como!

Elisabeth Priestley

CONCLUSÃO

A Intelectualidade no Amar

Digamos que duas pessoas estão iniciando uma união ou uma integração de amor mais duradoura. Quando falo em integração do amor, não estou me referindo às palavras religiosas ou aos papéis estabelecidos pela lei...Ora, a lei... Refiro-me à união por amor de dois corpos que se amam e que pretendem continuar se amando enquanto o sentimento durar, pois, parafraseando o poeta, "o amor é eterno enquanto dura". Ou, então, refiro-me à união inspirada nos escritos de Platão, as metades da laranja que se unem formando uma fruta inteira e completa.

O amor não se faz pelo papel nem pelos dotes físicos e financeiros daqueles que desejam se amar; o amor não é uma união de duas pessoas que juntam somente pelo sexo ou interesses físicos e materiais. A integração do amor é a união e a fusão de duas pessoas que se completam pela equivalência total na intelectualidade das partes. Se não houver essa fusão, as pessoas não terão um convívio calmo e tranquilo, pois a intelectualidade ajusta o casal e ambos se igualam e se entendem, criando uma união quase que osmótica, porque um aceita o outro sem problemas de equivalência. Daí nasce o amor, eterno "enquanto durar". Mas, pensando bem, o que mais podemos desejar?

Edro de Carvalho

dash editora
editoradash.com.br